Hockey sur le lac

David Ward

Illustrations de

Brian Deines

Texte français d'Isabelle Allard

Éditions
SCHOLASTIC

Pour Mike Perkins, Steve Harding, Phillip Ward, Troy et les Joshies,
ainsi que mon bon ami Steven Dreger.
Merci d'avoir fait du hockey l'aventure de toute une vie.
– D. W.

Pour Lisa, et pour le hockey.
– B. D.

L'auteur aimerait remercier Scott Treimel et Heather Patterson.

Les illustrations de ce livre, des huiles sur toile, ont été réalisées avec de la standolie, de la térébenthine et de l'alkyde.

Le texte a été composé avec la police de caractères Poppl-Pontifex.

Catalogage avant publication de Bibliothèque et Archives Canada

Ward, David, 1967-
[Hockey tree. Français]
Hockey sur le lac / David Ward; illustrations de Brian Deines;
texte français d'Isabelle Allard.

Traduction de : The hockey tree.
ISBN 978-0-545-99032-5

1. Hockey stories, Canadian (English). 2. Picture books for children.
I. Deines, Brian II. Allard, Isabelle III. Titre.

Édition publiée par les Éditions Scholastic, 604, rue King Ouest,
Toronto (Ontario) M5V 1E1 CANADA.

6 5 4 3 2 Imprimé à Singapour 46 11 12 13 14 15

Olivier s'est réveillé tôt. Enfin le lac Humboldt est gelé et prêt à accueillir les patineurs : la saison du hockey sur le lac est arrivée!

– Lève-toi, Léane!

Couchée dans le lit du haut, sa sœur ouvre un œil et marmonne :

– Est-ce qu'il neige encore?

Olivier entend Léane descendre l'échelle au moment où il dévale l'escalier. Sa mère est en train de préparer le déjeuner.

– Est-ce que papa est debout?

– Bien sûr! Il ne veut pas manquer la première journée de hockey sur le lac! Il est allé préparer l'équipement. Allez, mange tes rôties! Il fait froid, dehors.

Olivier prend place dans la fourgonnette. Il attend sa petite sœur avec impatience.

– Quelle lambine! dit-il.

– Toi aussi, tu étais lambin, avant, lui rappelle son père. Mais sur la glace, Léane est plutôt rapide!

La fourgonnette démarre. Ils ont un long trajet à parcourir. Olivier scrute le paysage à travers les gros flocons de neige qui voltigent.

Enfin, ils arrivent au lac Humboldt!

– Il y a des pêcheurs sur la glace, fait remarquer le père des enfants.

Disséminées sur le lac d'une blancheur éblouissante, on aperçoit, assises sur des chaises, des silhouettes courbées, une tasse fumante à la main.

Olivier et Léane marchent sur la neige craquante jusqu'à un endroit où ils peuvent s'asseoir pour enfiler leurs patins. Leur souffle forme de petits nuages cotonneux dans l'air froid.

Enfile les lacets, tire sur les lacets, enfile, tire!

Leur père les aide à mettre leurs patins; ses doigts serrent les longs lacets et font une boucle pour finir.

Olivier a du mal à rester en place. Il saisit son bâton de hockey et s'engage sur la glace.

Son père marque l'emplacement des buts, puis s'écrie :

– À vous de jouer, maintenant!

Il sort une rondelle de sa poche et la lance dans les airs.

La rondelle tombe sur la glace avec un bruit sec. Léane s'élance sur la surface glacée à coups de patin rapides.

Olivier part à sa suite, étirant les bras pour prendre la rondelle avant que sa sœur ne puisse l'atteindre.

Olivier fait une première passe, un coup frappé qui envoie la rondelle percuter la palette du bâton de Léane.

– Toi et moi contre papa! s'exclame-t-il.

La partie commence. Olivier se précipite vers la rondelle pour empêcher son père de s'en emparer, mais elle glisse dans un banc de neige. Il tente frénétiquement de la dégager.

– Vite! crie Léane.

Les pêcheurs les observent de loin. Olivier fait une passe à sa sœur qui aussitôt fait un tir, et la rondelle glisse dans le but. Leur père, étendu de tout son long sur la glace, rit aux éclats.

Ils parcourent la patinoire dans toutes les directions, jusqu'à ce qu'ils aient les joues rouges, le nez coulant et les jambes un peu molles.

– J'ai besoin de faire une pause, dit leur père, à bout de souffle. Chocolat chaud?

– Encore une minute! réplique Olivier. Léane, fais-moi une passe!

– Je veux un chocolat chaud maintenant! proteste-t-elle. Puis, dans un dernier effort, elle frappe la rondelle avec ardeur.

La rondelle s'envole au-delà de la patinoire, fait un ricochet vers le centre du lac où se trouve un pêcheur et rase la surface glacée, avant de disparaître dans un trou de pêche avec un petit plouf! Le pêcheur fronce les sourcils.

– Léane! grogne Olivier.

Tous deux se retournent vers la patinoire déserte.

Pas de rondelle, pas de hockey.

– Hum, fait leur père en jetant un coup d'œil aux bois avoisinants. Venez, vous deux! Enlevez vos patins et enfilez vos bottes.

Surpris, ils le suivent dans la neige profonde. Ils se rendent d'abord à la fourgonnette.

– Est-ce qu'on rentre déjà à la maison? demande Léane, déçue, les épaules basses.

– Pas tout de suite! répond son père en sortant une égoïne de la fourgonnette. Suivez-moi!

Les arbres sont couverts de neige. Tout en écartant les branches devant lui, Olivier sent l'odeur des pins et des peupliers.

– Qu'est-ce qu'on cherche? demande Léane.

– Un arbre à rondelles! chuchote son père d'un air mystérieux.

– À quoi ça ressemble?

– Ce doit être un arbre mort. Cherchez un tronc couché sur le sol.

C'est une tâche facile. Il y a beaucoup de troncs tombés par terre, ou inclinés et appuyés les uns contre les autres.

– L'arbre doit aussi être jeune, avec un tronc du même diamètre qu'une rondelle! précise leur père.

– En voilà un! s'écrie Léane.

Son père retourne doucement le tronc d'un petit coup de pied.

– Pas celui-là. Tu vois comme il est mou? Il est pourri.

Olivier poursuit son chemin en traînant les pieds. Tout à coup, il le voit, droit devant lui : l'arbre idéal!

– Par ici! hurle-t-il.

Son père le rejoint et se penche pour observer l'arbre. Il sourit.

– Bravo! Tu as trouvé un arbre à rondelles. Tiens-le bien.

Il commence à scier le tronc.

Olivier hume l'odeur de bois fraîchement coupé. Son père continue de scier et, quelques instants plus tard, il brandit un morceau de peuplier d'une forme et d'une dimension que tous connaissent bien.

– Une rondelle de hockey! s'exclame Léane avec un grand sourire. Peux-tu en faire d'autres, papa?

– Bonne idée, dit-il en souriant.

Olivier examine leur nouvelle rondelle d'un air sceptique. Est-ce que ce rondin de bois peut remplacer une vraie rondelle de hockey?

De retour au lac, les deux enfants suivent leur père qui s'approche du pêcheur et lui dit :

– Désolé d'avoir dérangé votre partie de pêche. Est-ce qu'on pourrait utiliser votre trou de pêche encore une fois?

Il lui tend les rondelles de bois.

La mine renfrognée du pêcheur se transforme en un grand sourire. Il laisse tomber les rondelles dans son filet et les trempe dans l'eau glacée.

Après une minute, il ramène le filet à la surface en faisant un clin d'œil à Olivier et à Léane.

– Laissez-les geler avant de jouer, et surtout empêchez-les de glisser vers mon trou de pêche!

Les rondelles alourdies se sont vite recouvertes d'une couche de glace dure. Olivier en laisse tomber une, puis la frappe légèrement de sa palette. Elle glisse parfaitement! Levant son bâton loin en arrière, il lui assène un coup cinglant. La rondelle frappe la palette de Léane si violemment qu'elle rebondit par-dessus.

–Super! Génial!

D'autres joueurs arrivent sur le lac. Olivier reconnaît un de ses camarades d'école. Il lui fait signe.

– Charles!

Aussitôt son ami sur la glace, Olivier lui fait une passe avec la nouvelle rondelle. Charles la lui renvoie sans rien remarquer.

– Regarde la rondelle, lui dit Olivier en souriant.

Charles la ramasse.

– Hé! Très spéciale! Où l'as-tu trouvée?

Bientôt, une nouvelle partie de hockey commence. Tous les joueurs sont unanimes quant au choix de la rondelle. Ils jouent au hockey toute la matinée dans l'air glacé de la Saskatchewan. Au début de l'après-midi, le soleil hivernal éclatant transforme la glace en une plaque étincelante de blancheur. Les cris et les rires résonnent sur le lac et les parties se succèdent.

Au moment de partir, Olivier s'affale avec bonheur dans son siège. Il a les joues engourdies et les pieds gelés. Son père met la radio en marche et fredonne en roulant sur la longue route vers la maison.

Dans la chaleur de la fourgonnette, Léane, confortablement installée, s'assoupit rapidement! Olivier tient toujours sa rondelle de bois. Elle commence à fondre, mais il n'est pas inquiet. Il sourit en regardant le profil flou des peupliers défiler derrière la fenêtre. Il a tout l'hiver devant lui : de la neige, de la glace et, bien entendu, de nombreuses parties de hockey en perspective.

Note de l'auteur

Mon beau-frère, Edgar Reimer, a grandi près de Humboldt, en Saskatchewan. Il se souvient d'histoires remontant aux années 1920, quand les membres de la famille se levaient tôt le matin pour mener leur troupeau à travers le champ du voisin jusqu'au lac Humboldt. Durant l'hiver, ils faisaient un trou dans la glace pour faire boire le bétail et les chevaux. Ils versaient des seaux d'eau sur le lac gelé pour créer une surface lisse où patiner. Souvent, s'ils ne se hâtaient pas de lacer leurs patins, leurs mains gelaient à cause du froid et du vent. Dès 9 h 30, ils étaient prêts à commencer une partie de hockey.

Les rives du lac étaient bordées de peupliers. Dans cette histoire, le père d'Olivier fabrique une « rondelle des prairies » avec un tronc de peuplier. Ce substitut de rondelle était souvent utilisé pour les parties de hockey dans les communautés rurales comme celle où vivait Edgar. À la fin de la journée, au lieu de monter dans une voiture chaude, les patineurs s'asseyaient au bord du lac, s'empressaient d'enlever leurs patins, puis rentraient chez eux à pied par la route.

On sait qu'au moins deux champions de la Coupe Stanley, Tony Leswick et Glenn Hall, ont patiné sur le lac Humboldt... et ont peut-être même joué avec une rondelle de peuplier glacée. Au Canada, du moment qu'il y a une rondelle et une surface glacée, on peut jouer au hockey.